LES
ÉTATS GÉNÉRAUX
DE L'EUROPE,

POËME,

Lu à l'Assemblée du Licée, le 11 Mars 1791.

Par A. M. DE CUBIERES.

In omnem▮▮▮am exivit sonus eorum, & in fines orbis terræ verba eorum. DAVID, Pf. 18, ℣. 5.

A PARIS,

Chez COUSIN, Libraire au Lycée, près la place du Palais Royal.

L'an deuxieme de la Liberté Françaife.

P R É F A C E.

Qu'APOLLON ait été anciennement appellé *Lycéon*, & que le Lycée d'Athènes ait tiré son nom de ce nom du Dieu de la Poéfie, ou qu'un certain Lycus, fils d'Apollon, ait fait élever les portiques de ce Temple des Mufes, que nous importe ? Le Lycée du Palais Royal a été fondé fur le modèle de celui d'Athènes; & voilà ce qu'il y a de plus certain. Que dis-je ? Le Profeffeur par excellence du Lycée d'Athènes, Ariftote, quoiqu'il fût très favant, ne l'était sûrement pas autant que les Profeffeurs du Lycée de Paris , & la femme de ce grand homme, Pithias, quoiqu'elle paffât pour belle, l'était moins fans doute que Belle (1) & bonne, l'une de nos Fondatrices, & qui profeffe l'art de plaire, tandis que nos Maîtres profeffent celui d'écrire , de parler & de penfer. Nous jouiffons, au Lycée de Paris, d'un autre avantage qu'il eft important de ne pas omettre. Le bon Ariftote avait pour fa femme Pithias une paffion fi vive, qu'il effaya de la faire paffer pour une Divinité , qu'il demanda publiquement qu'on lui érigeât un Temple, & qu'on lui rendît les mêmes honneurs qu'à Cérès. Un Prêtre

---

(1) Madame de Villette. *Belle & bonne* eft, comme on fait, le nom de baptême que Voltaire lui a donné.

de cette Déeffe, nommé Eurimédon, le dénonça comme coupable du culte de Latrie, comme un fcélérat qu'il fallait enfermer dans les prifons de l'Inquifition d'Athènes, & le fage, obligé de s'en exiler, alla, dit-on, mourir de chagrin fur une terre étrangère. Hefichius, dans la vie d'Ariftote, affure même qu'il y eut un Arrêt de mort contre lui, & que le Philofophe avala de l'aconit pour éviter un fupplice infâme. Graces à l'Affemblée Nationale, dont les fages Décrets ont fingulièrement rabaiffé parmi nous le crédit des Prêtres de Cérès, nous pouvons adorer Belle & bonne, & lui rendre tous les cultes imaginables, fans craindre d'être dénoncés : il n'y a que fa vertu qui nous défefpere. Nous faifons plus même, & qui oferait nous en blâmer ? Nous nous moquons, tant qu'il nous plait, des Prêtres de J.-C., beaucoup plus refpectables que les Prêtres de Cérès, & l'Aréopage n'y trouve rien à redire. Le petit Poëme qu'on va lire en eft la preuve : je l'ai lu dans une affemblée nombreufe du Lycée de Paris ; & quoique notre très-faint Pere le Pape y foit traité un peu leftement, les auditeurs ont applaudi au lieu de prendre fa défenfe, & il n'y a pas eu là un feul Eurimédon qui ait paru fcandalifé. Quel bonheur pour la France de n'avoir plus rien à craindre des Eurimédon !

C'eft avant d'avoir lu un Ouvrage de M. de la Croix intitulé : *Conftitution des principaux Etats de l'Europe*, que j'ai compofé ce Poëme des *Etats-Généraux de l'Europe* : & combien n'ai-je pas perdu à ne pas connaître un Ouvrage auſſi intéreſſant ? Quels tréſors ne m'aurait point fourni cette mine précieuſe & féconde, & que de traits neufs, profonds & hardis j'aurais pu y puiſer ! Cet Ouvrage eſt en deux volumes in-octavo, d'environ 400 pages chacun. Je viens de le lire avec autant d'avidité que d'attention; j'en ſuis encore plein ; & ne pouvant pas communiquer au lecteur tout le plaiſir qu'il m'a fait, le lecteur me permettra-t-il de lui en procurer au moins une partie dans l'extrait rapide que je vais lui préſenter ?

Le Profeſſeur du Lycée remonte d'abord à l'origine des Sociétés : il trace les principes des Gouvernemens développés par Ariſtote, & en fait l'application aux Républiques de la Grèce & de Carthage ; il fait voir par quelles cauſes, après avoir jetté un ſi grand éclat ſur la terre, elle ſe ſont éclipſées. C'eſt dans les ſyſtêmes d'Ariſtote, qui avait étudié de près les inconvéniens & les avantages des Gouvernemens populaires, qu'on trouve le plan de ces Gouvernemens compoſés dont juſqu'à préſent les ſeuls Anglois avaient fait revivre l'exécution. C'eſt le Démocrate Ariſtote qui, vivement frappé des malheurs que produit le pouvoir exécutif entre les mains du peuple, relève avec chaleur le bonheur d'une Monarchie tempérée ; il ſe contemple, pour ainſi dire, dans le modèle qu'il en forme, & nous oſons cependant aſſurer que ſi les bornes d'un extrait nous le permettaient, nous prouverions que nous dépaſſerons ce modèle.

A 3

Après avoir paffé rapidement fur les principaux gouvernemens anciens, comme fur les ruines de beaux monumens, M. Lacroix paffe aux Etats modernes : il décrit la forme de la Conftitution Germanique, cette impofante fédération de Souverains contre les habitans d'une vafte région divifée en Monarchies & en Prïncipautés. S'avançant au-delà de l'Allemagne, il confidère la Conftitution Polonaife, cette Conftitution qui donne toute la puiffance à la Nobleffe, toute la repréfentation au Monarque qui laiffe retomber l'humiliation fur les Citadins, & la fervitude fur les Cultivateurs. Il examine enfuite, avec l'œil d'un Critique impartial, mais févère, le plan de légiflation que deux grands Publiciftes avaient fait pour cette belle & languiffante contrée. Ces plans font des mines fécondes en idées politiques, & nous pouvons y puifer des vues avantageufes à notre nouveau gouvernement. Les idées d'un d'entr'eux fur le moyen de faire naître & de conferver l'efprit national, ne doivent pas nous échapper ; mais n'oublions pas auffi que celui qui les a conçues, s'eft écrié : la liberté eft un bon fuc, mais de forte digeftion : il demande des eftomacs fains.

Il quitte la Pologne pour pénétrer dans la Suède, ce pays où le Peuple divifé en quatre Ordres, a été tour-à-tour Souverain & Sujet ; qui, après avoir marché de révolutions en révolutions, femble avoir atteint une forme ftable de gouvernement.

Il jette fes regards fur le Dannemarck ; mais il ne

découvre dans cette contrée que le defpotifme le plus outrageant pour l'humanité.

C'eft dans un pays du Nord, dans une contrée où naturellement, felon le fyftême de Montefquieu, eft le berceau de la liberté, qu'on trouve cette loi barbare que le Souverain eft l'arbitre fuprême de la fortune, de l'honneur & de la vie de fes Sujets. Hélas ! l'homme fe façonne à tous les jougs, & les tyrans à toutes les injuftices !

Quittant enfuite ces régions glacées, il paffe en Italie : il développe avec fagacité les détours de la Conftitution de Venife, de cette République qui, par une ariftocratie compliquée, tient d'une main fon chef enchaîné ; & de l'autre affujettit l'humble Citadin profterné devant fon Sénat, & tremblant devant fes Inqufiiteurs.

Tout ce qui porte le nom de République, excite l'intérêt des Publiciftes. Auffi, l'Auteur n'oublie pas de porter fes regards fur les petites Républiques d'Italie, Gênes, Lucques, Saint-Marin. En effet, un village bien conftitué eft plus intéreffant qu'une vafte contrée gouvernée defpotiquement. Les formes de la liberté varient ; mais le defpotifme eft uniforme.

L'Auteur a offert dans l'Allemagne une confédération de Souverains : il montre dans la Conftitution des Provinces unies une confédération d'hommes unis contre la tyrannie : mais, après avoir admiré le plan, on gémit d'apprendre que l'édifice ne fubfifte plus, & l'on cherche en vain *Rome* dans *Rome* même.

Avec quelle amertume mêlée d'indignation le vrai ami des hommes doit voir, en étudiant les Gouvernemens, que les tyrans ne fe rebutent jamais dans leurs tentatives contre 'a liberté publique, qu'il n'eft point de moyen qu'ils n'employent pour la miner fourdement ou la détruire à force ouverte, tandis qu'au contraire les peuples fe laffent fi facilement de la foutenir & de la défendre ! En voyant leur pareffe fur ce point important, on feroit tenté de croire qu'ils font nés pour être efclaves. La liberté en effet demande des hommes vertueux, & la vertu coûte aux hommes. C'eft un effort dont les peuples modernes ne femblent pas long-temps capables. La Hollande en eft un exemple.

M. Lacroix fe tranfporte enfuite en Angleterre, ce pays claffique de la liberté, & diffèque cette Conftitution dont les Anglais font fi fiers, dont ils étalent les beautés avec tant de complaifance & cachent avec foin les défauts : mais il déchire ce voile, & fait voir qu'il peut exifter un Gouvernement meilleur que celui dont ce peuple eft fi vain : il exifte ce Gouvernement ; mais l'Auteur paffe les mers pour le trouver, & nous le montre dans les Etats-Unis de l'Amérique.

En promenant ainfi fes lecteurs de contrée en contrée, il ne laiffe échapper aucune occafion de leur faire tourner les yeux vers leur patrie naiffante.

Il conferve dans fes rapprochemens, il montre dans fes réflexions, je ne dirai pas le *decorum* d'un

homme public , mais l'impartialité d'un vrai fage.
En patriote éclairé , il ne perd jamais l'à-propos de
faire briller les avantages de notre Conftitution ;
mais fa modération & fon humanité lui font déplo-
rer les excès où le peuple s'eft quelquefois livré. Il
loue les réformes ; mais il n'aigrit pas les plaies des
réformés.

On voit par ce court extrait, combien l'ouvrage
de M. de la Croix a de reffemblance avec le mien ;
mais , à quelques réflexions près , dont la fineffe
fait fourire, l'ouvrage de M. de la Croix eft en gé-
néral folide , férieux & profond, c'eft un ouvrage où
l'on peut s'inftruire de beaucoup de chofes qu'on ne
fait pas , & le mien eft une efpèce de plaifanterie,
où l'on ne peut rien apprendre ; c'eft la très-foible
parodie d'un beau drame. Elle ferait bien plus faible
encore , fi MM. Bérenger, Domergue , Deftournelles,
Boisjolin &c. , n'avoient point entendu la lecture
que j'en ai faite au Lycée : ils m'ont donné une foule
d'excellens confeils que je n'ai pas manqué de fuivre ,
& c'eft à ces bons efprits , à ces littérateurs éclairés que je dois non pas le plus de beautés qu'il y a ,
mais le moins de défauts qui s'y trouvent.

On fuppofe dans le Poëme que tous les rois de
l'Europe raffemblés tiennent des Etats-Généraux , &
qu'ils font préfidés par l'Abbé Charles-Irénée-Caf-
tel de Saint Pierre, fi connu par fes ouvrages phi-
lanthropiques & philofophiques. Cet Abbé illuftre
y eft appellé tantôt *Irénée* , tantôt *Caftel* , & tantôt *Saint*

Pierre. On a cru devoir employer alternativement ces trois noms , pour jetter plus de variété dans l'ouvrage.

LES
ÉTATS GÉNÉRAUX
DE L'EUROPE,

POËME.

JE rêve quelquefois. Eſt-il un ſeul Poëte
Dont la Muſe à rêver ne ſoit un peu ſujette?
Le ſommeil, cette nuit, avoit fermé mes yeux,
Et bercé par l'erreur d'un ſonge gracieux,
A mon eſprit charmé bientôt ſe développe,
Le ſpectacle impoſant du congrès de l'Europe.
Le bon Abbé Saint Pierre en était Préſident.
Pour le ſalut de tous rempli d'un zèle ardent,
Et de tous recevant un libre & pur hommage,
De l'Être univerſel il préſentoit l'image.
Il était ſur un ſiége où l'or ne brillait pas :
Rouſſeau, Mabli, Raynal avaient ſuivi ſes pas,
Et, près de lui rangés, ſervant de Secrétaires,
Ils partageaient entr'eux le fardeau des affaires,
Rédigeaient les Décrets, en expliquaient le ſens,
Et réglaient des Etats les deſtins renaiſſans.

Du nord & du midi là fiégeaient les Monarques,
De leur autorité déployant tous les marques.
L'Eglife, comme on fait, avant tout doit paffer :
Le Saint Pere l'exige, & prompt à l'exaucer,
Prompt fur-tout à lui rendre un légitime hommage,
Le Préfident lui tient cet honnête langage.

« De la Religion vous êtes le foutien,
» Et le chef révéré de l'univers chrétien.
» Je fuis un fimple Prêtre, & cependant j'efpere
» Pouvoir par mes avis éclairer le Saint Pere.
» Pardonnez, ô Brafchi ! cette témérité.
» C'eft aux Papes fur-tout qu'on doit la vérité.
» Vous êtes l'héritier de la contrée antique,
» Où des Romains jadis fleurit la république,
» Où la plus belle nuit fuccede au plus beau jour.
» Le foleil fur vos champs fe lève avec amour,
» Et ces champs toutefois chéris de la nature,
» Ignorent les tréfors que donne la culture : (1)
» Le commerce y languit. Ennemis des travaux,
» Votre peuple s'endort dans un lâche repos.
» Du moderne Romain qu'abrutit la molleffe,
» D'où viennent l'ignorance & fur-tout la pareffe ?
» Des fuperftitions dont il eft enivré,
» A l'erreur par vous-même il fut toujours livré,
» Et toujours pour vous plaire, adorant des reliques,
» Aux pieds d'une Madone il chante des cantiques.
» Réformez promptement ce régime odieux.
» Rome, ainfi qu'autrefois, doit-elle à de faux Dieux
» Sacrifier fans ceffe, & d'hommages frivoles
» Doit-elle inceffamment fatiguer des idoles ?
» Simplifiez le culte, & Prêtre d'un feul Dieu,

» Ne prêchez que lui seul en tout temps en tout lieu :
» Transformez en Marchands vos Moines fanatiques,
» Et leurs vastes palais en étroites boutiques.
» Que l'industrie y règne & dresse des comptoirs
» Où le cordeau sans fin allongea des dortoirs.
» Plus de prisons sur-tout, plus de Château-Saint-Ange, (1)
» Antre où les ennemis d'un Pape qui se venge,
» Ainsi qu'à la Bastille en secret sont reclus
» Et sont punis souvent d'avoir trop de vertus.
» Vous régnez sur les corps ainsi que sur les ames,
» Et de les condamner également aux flâmes
» Un faux zèle souvent vous a fait un devoir.
» Abdiquez au plutôt cet excès de pouvoir :
» Aimez l'humanité, sur - tout la tolérance,
» Et trop légérement ne damnez point la France. (3)
» La France vous déplaît, depuis que citoyens,
» Ses peuples ont brisé leurs antiques liens,
» Et qu'ils osent aux cieux lever un regard libre.
» Ah ! que ne pouvez vous sur les rives du Tibre,
» Imiter de leur Roi la magnanimité,
» Et rendre à vos sujets leur vieille liberté !
» Braschi des Souverains deviendrait le modèle,
» Et quel peuple à ses loix ne ferait point fidèle ?
» Quels que soient vos projets, ô Pontife Romain !
» La vérité se montre aux yeux du genre humain.
» Il vous respecte encor ; mais il ne vous craint guère,
» Et vous faites pitié même au grossier vulgaire.
» Soyez donc raisonnable autant que généreux :
» De l'inquisition n'allumez plus les feux ;
» Ne nous menacez plus d'une foudre risible,
» Et gardez-vous sur-tout de vous croire infaillible. »

Le Saint Pere, à ces mots, fe croyant offenfé,
Et montrant fon dépit fur fon front courroucé,
Se lève pour répondre, & defcend de fa place :
Mais on murmure, on crie, on rit de fa menace,
Et defirant très-peu de lui faire la cour,
Monfieur le Préfident paffe à l'ordre du jour.

« Meffieurs, dit-il alors aux Nobles de Venife,
» Vous allez m'écouter avec quelque furprife :
» Mais vous n'êtes venus que pour me confulter,
» Et pourrois-je, après tout, vouloir vous infulter ?
» Votre Gouvernement a triomphé des âges,
» Et fur l'onde conftruit n'a point fait de naufrages.
» Invariable & ferme, il brave également
» Le courroux de Neptune & le fier Mufulman.
» Frémiffez toutefois : inquietes, févères,
» Vos loix à la raifon, à l'équité contraires,
» N'offrent à l'opprimé qu'un ftérile foutien.
» Votre nobleffe eft tout, & le peuple n'eft rien.
» D'infames délateurs une troupe exécrable,
» fait périr l'innocent ainfi que le coupable,
» Et lâchement pourfuit le vice & la vertu.
» L'œil baiffé vers la terre & le front abattu,
» Sous le fceptre de fer que votre main balance,
» Il faut vivre & mourir dans un morne filence...
» Ah ! dût votre fénat perdre enfin tous fes droits,
» Modérez la rigueur de vos antiques loix,
» Et que le voyageur, au gré de fon attente,
» Parcoure fans terreur votre ville flottante.
» Le Doge, chaque année, en Magiftrat royal,
» Forme avec Amphitrite un lien nuptial.
» Qu'il époufe plutôt la fière indépendance,

» Et fuive des conseils dictés par la prudence.

» Du despotisme affreux & par - tout redouté,

» Les Rois vantent le calme & la tranquillité.

» La liberté pourtant qu'environne l'orage,

» Vaut mieux pour les humains qu'un paisible esclavage,

» Et cette déité que vous traitez si mal,

» Ne peut que sous le masque aller courir le bal.

» Laissez-la se montrer sous sa forme ingénue,

» Et du bal par dégrés se glisser dans la rue. »

Le Doge de Venise & ses nobles agents

Accueillirent ces mots de souris indulgents.

Des Lucquois, des Génois, peuplade aristocrate,

Par les mêmes conseils, le moderne Socrate,

Corrigea les penchants & réforma les mœurs.

Tout homme a ses défauts, tout peuple a ses erreurs,

Et par elles de sang la terre est inondée.

J'ai fréquenté la Cour de Victor Amédée :

Ce Monarque chérit la justice, l'honneur :

Aimé de ses sujets pour faire leur bonheur

Quoiqu'affoibli par l'âge, il devance l'aurore ;

Ce n'est jamais en vain qu'un malheureux l'implore,

Et le crime par lui ne fut jamais absous.

De plaire au Saint Pontife, il est un peu jaloux,

Et l'Abbé de Saint Pierre admirant sa sagesse,

Le gronda seulement d'aller trop à confesse.

Tout Prince Catholique a, dit-on, ce défaut.

Victor serait parfait, s'il était moins dévôt.

» O superstition trop long - temps impunie !

» De l'Espagnol toi seule étouffes le génie.

» Ce peuple qui jadis régna par ses exploits,

» Qui du Pérou vainqueur l'asservit à ses loix,

» L'Efpagnol profanant fa grandeur fouveraine,
» De l'Inquifition traîne aujourd'hui la chaîne,
» Et les fots préjugés, dans la Caftille errans,
» Ont du monde nouveau foumis les conquérans. »
C'eft ainfi qu'Irénée au Roi de l'Ibérie
Exprima les douleurs de fon ame attendrie.
» Renverfez, pourfuit-il, l'horrible tribunal
» Qu'un Pape dirigé par l'efprit infernal,
» Inftitua jadis pour le malheur du monde.
» Dans vos Etats déferts, la terre eft **inféconde**,
» Et la Religion de vos fujets l'écueil,
» Entretient leur pareffe autant que leur orgueil.
» Suivez de Las-Cafas les auguftes maximes ; (4)
» Pardonnez les erreurs & puniffez les crimes.
» C'eft par la tolérance & par l'humanité,
» Qu'un Monarque s'élève à l'immortalité.
» De la Baftille ici je poffède une pierre :
» Recevez-la des mains de l'Abbé de Saint-Pierre.
» C'eft pour un Souverain le plus beau des préfens :
» Elle vous apprendra le deftin des tyrans.
» Faites-y fagement graver les droits de l'homme,
» Et fecouez le joug que vous impofa Rome. »
Le Monarque Efpagnol, touché de ce difcours,
Craignait par un feul mot d'en fufpendre le cours,
Et par un beau Décret, au genre humain propice,
Il allait abroger les loix du Saint-Office :
Mais fon vieux Confeffeur avait fuivi fes pas.
A l'écart il le tire : il lui parle tout bas,
Et bientôt le Monarque a changé de penfée.
« Gardez-vous d'imiter fa conduïie infenfée, »
Dit alors Irénée au Roi Napolitain,

» Le

» Le Saint Père a long-temps réglé votre deſtin :

» Il vous gouverne moins ; la blanche haquenée (5)

» N'eſt plus au Vatican en tribut amenée.

» Eclairez votre peuple ignorant & groſſier,

» Et qu'il n'adore plus le ſang de Saint Janvier.

» Défiez-vous ſur-tout de ces lâches Miniſtres

» Qui ne donnent aux Rois que des conſeils finiſtres,

» Gâtent leur naturel, corrompent leurs vertus,

» Et feraient déteſter Marc-Aurèle & Titus.

   » Je crois, dit Ferdinand, vos conſeils ſalutaires,

» Et pour en profiter, je fais des vœux ſincères :

» Mais j'ai toujours un peu craint le qu'en dira-t-on?

» Et je vais conſulter le Chevalier Acton. » (6)

   On voit, au même inſtant de la Luſitanie,

La Reine s'avancer. Le malheureux génie

Qui dégrade l'Ibère & le Napolitain,

A de même aſſervi le faible Luſitain,

Et pour prêter main-forte aux dogmes de Sorbonne,

Cette Reine, ſans doute, avait quitté Lisbonne.

   « Pieuſe Elizabeth, lui dit l'Abbé Caſtel,

» Vos ſujets ſont doués d'un heureux naturel :

» Ils ſont galants ſur-tout ; c'eſt un doux avantage.

» Le bonheur cependant fuit les rives du Tage ;

» Le fanatiſme y règne, & quel homme eſt heureux

» Où pèſe des dévôts le ſceptre rigoureux ?

» Ce ſceptre eſt dans vos mains, & d'un abus extrême,

» Souffrez que ma candeur vous accuſe vous-même.

» Voulez-vous à jamais fixer dans vos états

» Cette félicité que l'on n'y connoît pas ?

» Donnez à vos ſujets, au lieu de la proſcrire,

» La double liberté de penſer & d'écrire,

» Et de l'Inquifiteur, que l'efpion cruel ,

» Ne les dénonce plus au nom de l'Eternel.

» Des bûchers ont rendu le Portugal illuftre :

» Qu'aux fciences, qu'aux arts il doive un plus beau luftre,

» Et que fur ces bûchers jadis étincelants ,

» S'élève avec orgueil la palme des talents.

» Trop de Religieux, trop de Saints, trop de Saintes, (7)

» Peuplent de vos Etats les pieufes enceintes,

» Et l'on voit trop d'encens fumer fur leurs autels.

» Faut-il tant de tributs pour plaire aux Immortels ?

» Tant de Moines fur-tout ? Ah ! pour remplir vos Villes

» D'habiles Ouvriers, de Citoyens utiles,

» Qu'au lieu de prononcer de téméraires vœux,

» Le barbu Francifcain, le Cordelier nerveux

» Epoufent bravement de jeunes Chanoineffes :

» Vous doublerez ainfi les publiques richeffes,

» Et rivale de Londres, émule de Paris,

» Lisbonne renaîtra de fes propres débris.

» Goa même, Goa, femblable à l'Elifée..... »

    La Reine, à ce difcours, s'enfuit fcandalifée,

Et dans le Préfident, que la raifon guida,

Elle croit, un moment, revoir Malagrida, (8)

Fait un figne de croix, & jure dans fon ame

D'envoyer au bûcher ce Préfident infâme

Qui, tranquille, fourit d'un impuiffant courroux.

    Le fage Léopold, de s'inftruire jaloux,

Se préfente à fon tour, & le bon Irénée

Lui fait cette harangue, à lui feul deftinée.

    « Des Souverains du Nord, ô le plus vertueux !

» C'eft vous qui favez l'art de rendre un Peuple heureux ;

» Vous que doit adorer l'antique Germanie.

» Des fuperftitions la funefte manie

» Sur votre efprit jamais n'étendit fon pouvoir.

» Vous l'avez enrichi des tréfors du favoir :

» Paifible feêtateur de la Philofophie,

» Vous l'avez fait aimer à la belle Etrurie : (9)

» Elle jouit par vous des douceurs du repos.

» Mars n'y vient plus dans l'air déployer fes drapeaux,

» Et pour mettre le comble à ce deftin profpère,

» Vous êtes, m'a-t-on dit, abhorré du Saint Père.

» Ce bonheur n'eft pas mince, & vos heureux penchants

» Vous devaient attirer la haine des méchants.

» A l'orgueil toutefois ne livrez point votre ame,

» Et vous ayant loué, fouffrez que je vous blâme.

» Pourquoi de vos Sujets Cenfeur minutieux,

» Les pourfuivre fouvent d'un regard curieux ?

» C'eft de votre pouvoir trop étendre l'ufage.

» C'eft reffembler fur-tout au Bailli d'un village,

» Qui de chaque Bergere épiant les difcours,

» Effarouche les ris & fait peur aux amours.

» Tout voir eft un défaut ; trop régner eft un vice.

» Un Empereur n'eft point Lieutenant de Police.

» J'aime affez les vertus de vos bons Allemands :

» Ils font laborieux, courageux, patients :

» Ils favent mieux que nous ; nous favons davantage :

» Mais l'orgueil, la hauteur eft fouvent leur partage.

» Vos Comtes, vos Barons, de nobleffe bouffis,

» De la Perfe, dit-on, méprifent les Sophis.

» On n'a rien à leurs yeux, fi l'on n'a la naiffance ;

» Et luttant avec vous de force & de puiffance,

» Ils peuvent tôt ou tard, Gentillâtres altiers,

» Vous combattre en l'honneur de leurs feize quartiers.

» Pourquoi nourriſſez-vous cette hydre menaçante,
» Autrefois terraſſée, aujourd'hui renaiſſante ?
» Ah ! de l'égalité que le Code nouveau
» Place tous vos Sujets ſur le même niveau ! »
   L'Aſſemblée applaudit, & la fiere Czarine
Remplaçant Léopold, « ſuperbe Catherine, »
Lui dit le Préſident, « eſt ce vous que je vois,
» Vous qui des Nations violez tous les droits,
» Et qui de l'équité méconnoiſſant l'empire,
» Semblez vouloir régner ſur tout ce qui reſpire ?
» Les talents, grace à vous, les ſciences, les arts
» Ont en foule accouru dans le Palais des Czars,
» Et l'amitié long-temps vous unit à Voltaire.
» Soyez, par la beauté, maîtreſſe de la Terre,
» A vos ſacrés genoux enchaînez mille amants,
» Et de vos jours ainſi prolongez le printemps :
» J'y conſens : mais pourquoi ſubjuguer la Crimée,
» Par vous ſeule aujourd'hui lâchement opprimée ?
» Et pourquoi du Sarmathe envahir les Etats ?
» Pourquoi faire trembler les plus fiers Potentats
» Par l'eſprit guerroyeur qui toujours vous anime ?
» Régner eſt un bienfait ; conquérir eſt un crime ;
» Et vous déshonorez le Pouvoir abſolu.
» Par un ſage Décret la France a réſolu
» De ne tenter jamais d'odieuſes conquêtes,
» Et de reſter paiſible au milieu des tempêtes.
» Adoptez-le, Madame ; il eſt digne de vous.
» Oczakoff, Iſmaïloff ſont tombés ſous vos coups,
» Et votre Potemkin, projettant plus encore,
» Veut chaſſer le Sultan des rives du Boſphore.
» De ce tigre altéré de ſang & de trépas

» Enchaînez la furie & retenez les pas ,
» Et donnez à l'Europe, enfin régénérée,
» L'univerfelle paix que j'ai tant défirée. »
   Les Nobles de Pologne, à ce difcours préfents ;
Font retentir les airs de bravos éclatants.
Potemkin les opprime , & leur unique envie
Eft de brifer la chaîne où les tient la Ruffie.
» Voulez-vous mériter d'être libres un jour, »
Leur dit le Préfident? « Sachez, à votre tour,
» Attacher plus de prix aux vérités auguftes
» Par qui les Nations ne font jamais injuftes.
» Vous êtes éclairés, affables & polis.
» Les voyages, l'étude , ont orné vos efprits ;
» Et la Liberté même a toujours fçu vous plaire.
» Mais cette Liberté , qui vous paraît fi chere ,
» Vous l'aimez pour vous-mêmes, & non pour vos vaffaux,
» Que vous n'admettez point au rang de vos égaux ,
» Et, quoique vous foyez indépendans & braves,
» Sans honte, à vos genoux, vous voyez des efclaves.
» Des efclaves.... Par vous ces abus font foufferts !
» Ah ! de ces malheureux courez brifer les fers.
» Qu'il habite Paris; ou Varfovie , ou Rome ,
» L'homme a-t-il donc le droit de commander à l'homme? »
   Ce difcours enchanta le Nonce Potoski : (10)
Il fut même approuvé de Poniatouski (*).

(*) Le Roi de Pologne, Staniflas - Augufte , vient d'être
nommé Affocié étranger de la Société d'Agriculture de Paris ;
& il a écrit , à ce fujet , la lettre la plus aimable au Secrétaire.
L'Agriculture eft la bafe des Etats , & tous les Rois devroien
imiter Staniflas - Augufte.

B 3

De la Philofophie ardent & ferme Apôtre,
Ce Poniatouski n'eft pas Roi comme un autre.
La Liberté l'enflamme, & du Peuple François,
En langage Sarmathe il traduit les Décrets.
Le laurier des talents, qui pare fa Couronne,
Le rend digne à la fois du Fauteuil & du Trône,
Et joignant la franchife à l'aimable douceur,
Il a, de fon vivant, fait choix d'un Succeffeur.
Oh! que n'eft-il de même à la raifon docile,
Du Peuple Mufulman le Monarque imbécille;
Plus fier, plus orgueilleux que tous les Potentats
Il avoit dédaigné de fe rendre aux Etats;
Et le Sérail alors offrant à Sa Hauteffe
De vingt jeunes beautés l'élite enchantereffe,
Il confumait fes nuits, il employait fes jours
A chercher des plaifirs qui le fuyaient toujours.
    La Liberté fleurit aux bords de la Tamife.
L'Angleterre, à des Loix depuis long-temps foumife,
Ne craint plus des Tyrans le joug impérieux :
Mais l'Anglais eft fuperbe autant que dédaigneux.
Il penfe que du Ciel fes Loix font émanées,
Et qu'à toujours durer elles font deftinées.
Monfieur Burke (11) en raffole, & difputeur ardeht,
Il vient chercher querelle à l'Abbé Préfident.
Le Préfident répond : « J'ai lu votre gros livre,
» Et je ne conçois pas quelle erreur vous enivre,
» Lorfque nous réléguant aux Petites-Maifons,
» Un excès de courroux vous tient lieu de raifons.
» Vous prétendez, Monfieur, que l'Angleterre eft libre;
» Que pour la conferver dans un jufte équilibre,   (12)
» Les Communes, les Pairs, le Roi, femblent s'unir,

» Que vos Loix feulement ont le droit de punir.

» Mais le Peuple fe vend aux cabales, aux brigues,

» Et n'eft-ce pas fouvent le reffort des intrigues

» Qui fait, au Parlement, fiéger un Citoyen ?

» Tout chez vous n'eft point mal : mais tout n'y va point bien.

» L'Ecoffe eft opprimée, & c'eft un vrai fcandale

» Que de la voir en proie à l'hydre féodale,

» Et je ne voudrais pas que vos bons Matelots

» Fuffent, en dépit d'eux, entraînés fur les flots.

    » Et vous, mes chers amis, induftrieux Bataves,

» Vous qu'un Prince orgueilleux afpire à rendre efclaves,

» Toujours fur ce Defpote ayez les yeux ouverts:

» De peur qu'il ne parvienne à vous donner des fers.

» Repouffez conftamment fes perfides careffes.

» Au commerce, au travail, vous devez vos richeffes.

« Mais vous les aimez trop. Aimez la Liberté :

» Hélas ! elle eft fouvent fœur de la Pauvreté.

    » La Pauvreté vous fert, Peuples de l'Helvétie :

» Mais vous fouffrez le joug de l'Ariftocratie;

» Et s'ils ne peuvent pas régner fur vos tréfors,

» Des Magiftrats tyrans afferviffent vos corps.

» Soyez à la nature, à la raifon, fidèles,

» Et ne permettez pas que des mains criminelles

» Vous forgent des liens ennemis de vos droits;

» Défendez votre caufe & non celle des Rois ».

  Guftave, Chriftian & Frédéric-Guillaume,

Pour gouverner leur Peuple & régir leur Royaume,

Reçurent, à leur tour, les meilleures leçons....

Ces Monarques voulaient les traiter de chanfons,

Lorfque le Préfident, raffemblant tous les Princes

Et tous les Députés choifis dans les Provinces,

                     B 4

» Embraffez-vous » dit-il « traitez-vous en amis,
» Et par les mêmes nœuds foyez toujours unis.
» C'eft de vous que dépend le bonheur de la Terre.
» Voulez-vous l'affermir ? Renoncez à la guerre,
» Et jurez tous enfin de toujours vivre en paix.
» Nous le jurons » s'écrie auffi-tôt le Congrès,
Et Chriftian, Guftave embraffent la Czarine.
Malgré l'ambition, qui fouvent le domine,
Guillaume Frédéric va lui baifer la main.
Léopold ne veut point verfer le fang humain,
Ni que, dans fes projets, Bellone le feconde.
Léopold, fans effort, ambraffe tout le monde.
Raynal, alors, Mabli, Roufleau le Génevois,
Pour tous les Potentats font de nouvelles Lois,
Des Loix que leurs Ecrits ont déja révélées,
Et que, dans fes Décrets, la France à raffemblées:
Chaque Roi les adopte, & le cher Préfident,
A fon tour embraffé, de fon Siége defcend.
Comme on fait que jamais un Prêtre ne pardonne,
Le Pape fut le feul qui n'embraffa perfonne.

N O T E S.

(1) *Que donne la culture.* Les terres de l'Italie les plus mal cultivées font celles de l'Etat Eccléfiaftique. Des landes, des marais, des cloîtres immenfes, de vieux débris de temples payens, un grand nombre d'Eglifes chrétiennes, voilà ce que j'ai vu aux environs de Rome. On ne rencontre guères dans cette ville immenfe que des ftatues, des moines & des mendiants. Il ne s'y fait prefque point de commerce, & l'on y mourrait de faim fans les fecours qu'elle tire de fes voifins, & fans l'argent qu'y portent les Etrangers qui voyagent.

(2) *Plus de Château-Saint-Ange.* J'étais à Rome lorfqu'on y arrêta M. de Caglioftro, & qu'on l'enferma au Château Saint-Ange. Le Château-Saint-Ange eft la Baftille de Rome. Puiffe-t-elle bientôt avoir le fort de celle de Paris !

(3) *Ne damnez point la France.* Voici un extrait du Bref adreffé par le Pape au Roi Très-Chrétien relativement à la Conftitution civile du Clergé. Le Pape reproche au Roi Très-Chrétien :

1.° D'avoir donné fon confentement à la fpoliation du Clergé malgré les anathêmes lancés par l'Eglife contre ceux qui s'empareraient de fes biens ou qui coopéreraient à leur ufurpation.

2.° D'avoir donné fon confentement à la deftruction des vœux monaftiques fi conformes aux confeils évangéliques.

3.° D'avoir donné fon confentement aux droits que s'eft arrogés la puiffance temporelle de changer la difcipline eccléfiaftique &c.

Déclare en conféquence le Pape :

1.° Que la Conftitution civile du Clergé eft *Schifmatique*

puifqu'elle fépare les membres de l'Eglife de leur chef.

2.° *Hérétique* , puifqu'elle admet un principe contraire à la foi, en donnant à la puiffance temporelle le droit de changer la difcipline eccléfiaftique.

3.° *Impie* , comme conduifant à l'incrédulité, propageant les fyftêmes irréligieux, & donnant lieu à la profanation des lieux faints.

Le Saint Pere ajoute qu'il a ordonné des prieres publiques pour demander à Dieu le retour des Français à la Religion & à la raifon. Il ne lui manque plus que de fulminer contre nous une bulle d'excommunication. Quels maux ne produifait point autrefois une pareille Bulle? Elle mettait le trouble & le défordre dans un Royaume. Autrefois il en fortait des foudres & des poignards. Aujourd'hui il n'en fortirait plus que du vent. Pouvait-il nous arriver un plus grand bonheur? Je compare le Pape à un vieux enfant qui, un chalumeau à la bouche, ne peut plus fouffler fur nous que des bulles de favon.

(4) *De Las-cazas les auguftes maximes.* Barthelemi de Las-cazas fut un modèle d'humanité, de fenfibilité & de tolérance. Il fut d'abord Curé ; enfuite Evêque, & ce qu'il y a de plus étonnant, il fut de l'Ordre de Saint-Dominique. Ce vertueux perfonnage eft admirablement peint dans les Incas de M. Marmontel.

(5) *La blanche hacquenée.* Le Roi de Naples était dans l'ufage d'envoyer tous les ans au Pape une mule blanche (chinéa) & 150 onces d'or, & de lui faire offrir ce double préfent par fon Ambaffadeur. Cet ufage n'exifte plus depuis quelque temps. Voyez-en l'origine dans l'intéreffant voyage d'Italie de M. de Lalande.

(6) *Et je vais confulter le Chevalier Acton.* Voici l'extrait fidèle d'une lettre écrite de Naples en date du 25 juillet

1790, & adreſſée à M. de Léon Médecin demeurant rue de la Harpe & membre du Club de 1789 :

» Depuis nombre de mois, on ne laiſſait entrer qu'avec » peine des Français dans le Royaume de Naples : mais on » ne s'était pas encore aviſé de les en chaſſer ».

» Dans la nuit du 10 au 11 de ce mois, des troupes de » Sbires deſcendent dans les maiſons de cinq ou ſix Français : » on les arrête ; on les traîne en priſon d'où ils ne ſortent » que pour être tranſportés, ſous l'eſcorte des Sbires, juſ- » qu'aux frontières ».

» Chez nous, lorſqu'on mettait quelqu'un à la Baſtille, on » prenait ſoin de ſes effets : on rapportait procès-verbal, & » on ne lui faiſait point payer la peine de ceux qui l'en- » levaient. Ce n'eſt pas de même à Naples : les malheureux » bannis ont été obligés de payer pour n'être pas garottés, » de payer les Sbires qui les avaient arrêtés, de payer la » voiture qui les tranſportait hors du Royaume &c. leurs » maiſons ſont reſtées ouvertes, abandonnées ».

» Vous connaiſſez ſûrement trois des bannis : l'un eſt *Gaſſe* » Aubergiſte au Mont-Olivet ; l'autre eſt *Fraiſe* Marchand » dans la rue de Chiaja ; le troiſième eſt l'abbé *Barreau*. Vous » verrez inceſſamment ce dernier à Paris. Il vous racontera, » dans le plus grand détail, comment ils ont été rançonnés, » maltraités par toute cette canaille des Scrivani & des » Sbires ».

» Le landemain, nouvelle expédition. *Volere*, le frere du » Peintre célèbre, eſt arrêté & chaſſé comme les autres. MM. » Preſtreau, frères, Négocians, dont l'un était établi ici depuis » pluſieurs années, & l'autre ſeulement depuis cinq ou ſix » mois, ſubiſſent le même ſort ».

» Les Négocians s'allarment : ils vinrent en foule chez le » Corſul, chez l'Ambaſſadeur, leur demander de réclamer » pour eux ſecours & protection ».

» L'Ambaſſadeur écrit au Miniſtre Acton ; il ſe plaint éner-
» giquement des vexations que l'on fait éprouver aux Fran-
» çais qu'on bannit : il réclame le droit des gens, les égards
» dûs à une Nation alliée, &c. ».

» On ne lui répond que quatre jours après, &, dans cet
» intervalle, on empriſonne & on chaſſe encore quatre ou
» cinq Français, entr'autres les deux frères *Péan*, fils de
» l'accoucheur ».

» Dans ſa réponſe à l'Ambaſſadeur, le Miniſtre Acton
» prétend que les Français exilés ont été traités avec la plus
» grande *civilité* & *courtoiſie*, que les droits attachés à la
» ſouveraineté exigent que Sa Majeſté déploie toute la rigueur
» de ſa juſtice contre quiconque cherche à troubler la tran-
» quillité publique &c. Ajoutez quelques autres maximes
» communes qu'on trouve dans le code de tous les deſpotes. «

» Vous me demanderez quel était le crime de ces Français
» ſi rigoureuſement punis. Oh ! je crois bien qu'il n'exiſte
» pas l'ombre d'un crime : mais la Cour a peur : la Cour veut
» conſerver ſon autorité bien entière, bien intacte. Elle croit
» qu'un excellent moyen, c'eſt d'être très-ſévère. Malheur à
» qui inſpire le moindre ſoupçon ! Quiconque eſt ſoupçonné
» eſt criminel. Il y a des eſpions dans les Cafés, dans les
» Promenades, dans les Egliſes, juſque dans l'intérieur des
» maiſons. Tous ces Meſſieurs ne vivent que de délations :
» ils en font qu'un homme de ſens rougirait d'écouter, &
» qui ſont cependant parfaitement accueillies. Le haſard m'a
» procuré l'avantage de lire un petit recueil de ces délations.
» Savez-vous de quoi était accuſé *Fraiſe* ? d'être *vénérable*
» d'une loge de Francs-Maçons, & M. M. Preſtreau ? d'a-
» voir donné un concert & un ſouper, le 14 juillet, jour de
» la grande Fédération. Et l'Abbé Bareau ? de donner à
» déjeûner avec du café, tous les Dimanches, à des Fran-
» çais avec leſquels il s'enfermait dans ſa maiſon. Toutes

» les autres délations font de cette force-là, & c'eſt pour-
» tant ſur cela qu'on s'eſt décidé à expulſer des Français qui
» habitaient Naples, depuis 30 ou 40 ans, comme *Fraiſe,*
» par exemple. »

» Qu'on eſt heureux de vivre dans un Etat libre! On n'eſt
» point témoin de toutes ces injuſtices, ces barbaries exer-
» cées, d'après un ſimple *je le veux* parti de la bouche d'un
» Miniſtre inhumain, ſans principes, ſans prudence. »

Le Miniſtre déſigné dans les dernières lignes, eſt le Chevalier Aſton. Ce n'eſt pas le Roi de Naples qui gouverne,
c'eſt le Chevalier-Aſton : c'eſt lui ſeul qui, au nom du Roi,
ſe rend coupable de vexations odieuſes & de criminelles
perſécutions. Madame de Beauharnais a paſſé à Rome l'hiver
de 1790. Elle avait envie d'aller à Naples, & le Chevalier
Aſton lui a fermé l'entrée de ce beau pays, parce qu'elle
porte un nom cher aux bons Français & qu'elle eſt tante
d'Alexandre Beauharnais, jeune Député qui s'eſt rendu célèbre
par ſon patriotiſme, & dont l'éloqence égale le courage. La
moderne Sapho, grâce au Chevalier Aſton, n'a pas pû aller
ſaluer le tombeau de Virgile, & y cueillir la palme que
les Muſes lui préparaient. J'avais accompagné Madame de
Beauharnais en Italie, & j'ai ſubi le ſort de Madame de
Beauharnais, que dis-je? Le Chevalier Aſton m'a fait dire
que Madame de Beauharnais pourrait ſeule entrer à Naples,
ſi elle le voulait : mais que jamais il ne lui donnerait de
paſſe-port pour y venir avec moi. Quelle gloire pour moi
d'avoir excité à ce point la crainte du Chevalier Aſton!
Voilà comment ſe conduit avec les Français le Chevalier
Aſton, & le croirait-on cependant? Le Chevalier Aſton eſt
Français. Le Chevalier Aſton eſt né à Beſançon d'un Chirurgien-
Accoucheur. Ce n'eſt point par un motif de vengeance que
je dévoile la conduite du Chevalier Aſton. il m'a fermé
l'entrée de Naples à cauſe de mon patriotiſme, & certes il

m'a fait beaucoup d'honneur : mais que lui avaient fait les personnes nommées dans la lettre que je viens de citer, & comment pourra-t-il se justifier à leur égard ?

(7) *Trop de Saints, trop de Saintes.* Voici une anecdote qui prouvera à quel point les Portugais sont amoureux des Saints & des Saintes : elle est tirée d'une Légende. Quoiqu'ils possédassent déja une grande quantité de Saints, ils voulurent en avoir un de ceux qui reposent à Rome dans les Catacombes, & prièrent le Pape Clément IX de le leur expédier par la première occasion. Le Pape indiqua un jour pour se rendre aux Catacombes, & s'y rendit en effet, escorté de tous les Cardinaux, de tous les Princes, de tous les Ambassadeurs, & se trouvant bientôt au milieu des ossemens d'une multitude de Martyrs ; qui de vous, dit-il, veut aller en Portugal ? La Légende prétend qu'un Squelette se leva, & répondit : *moi* : à quoi le Pape répliqua : qu'on l'emballe & qu'il parte. *Te Deum laudamus.*

(8) *Revoir Malagrida.* La dévotion ayant tourné la tête au bon Jésuite Gabriel Malagrida, il composa, sur la prochaine arrivée de l'Ante-Christ, l'Ouvrage le plus extravagant, & une *vie de Sainte Anne,* qui n'étoit pas moins insensée : il s'attribua le don des miracles, celui de prophétie. Il déclara hautement que Dieu lui-même l'avoit choisi pour son Ambassadeur & son Apôtre ; qu'il étoit fils de la Vierge, & par conséquent frere de Jésus-Christ. Toutes ces folies, qui ne pouvaient inspirer que de la pitié, conduisirent le bon Jésuite dans les prisons du Saint-Office ; & il fut brûlé le 21 Septembre 1761, à l'âge de 75 ans. Quel Tribunal que celui de l'Inquisition ! Il fait périr les dévots ainsi que les impies ; & il est des contrées, éclairées par le soleil, où cet affreux Tribunal subsiste encore !

(9) *A la belle Etrurie.* Voyez l'éloge que, dans ses Lettres sur l'Italie, feu M. du Pati a fait du Grand-Duc de Toscane,

Léopold, actuellement Empereur. Quoiqu'un peu exagéré, cet éloge eſt vrai à bien des égards. J'ai traverſé deux fois la Toſcane ; j'y ai ſouvent interrogé les Sujets du Grand-Duc, & tous, ou preſque tous, m'ont répondu de manière à me faire comprendre qu'ils étaient heureux ſous ſon empire. Il a fait fleurir dans ſes Etats, autant qu'il l'a pu, les Arts, l'Agriculture & le Commerce, &, ce qui eſt plus ſingulier, il en a écarté, autant qu'il l'a pu, la ſuperſtition & le fanatiſme. Je n'en citerai qu'un trait, entre pluſieurs que l'on m'a racontés. Il n'eſt perſonne qui ne convienne que le Drame de Mélanie ne ſoit dirigé contre les vœux monaſtiques, & ne faſſe ſentir éloquemment les dangers de certaines inſtitutions religieuſes. Tandis que le Gouvernement défendait à Paris la repréſentation de ce Drame intéreſſant, le Grand-Duc l'a fait jouer publiquement ſur le premier Théâtre de Florence.

(10) Le Comte Staniſlas Potoski eſt Nonce de Lublin : il a ſouvent prouvé ſon patriotiſme dans les Diettes de Pologne, par des Diſcours éloquents, & ſon goût pour les Arts, par de charmans Ouvrages de Littérature. Voulez-vous, au reſte, voir un excellent tableau de la Pologne ? Liſez l'Année Villageoiſe de MM. Cérutti, Rabaud-de-Saint-Etienne & Grouvelle, feuille du 3 Mars 1791 : il eſt rapide, animé & juſte. Ces trois qualités ne ſont pas communes.

(11) Tout le monde ſait que M. Edmond Burke a fait un livre énorme contre la Révolution Françaiſe : mais qui eſt-ce qui a pu le lire ? Très-peu de perſonnes ſans doute, & j'ai appris par elles que ce livre était la ſatyre du nouveau Gouvernement Français, & renfermait l'éloge le plus pompeux du Gouvernement de l'Angleterre.

(12) *Que l'Angleterre eſt libre.* Tant qu'il y aura en Angleterre une Religion, appellée *Religion de l'Etat*, ou *Religion dominante* ; tant qu'on y arrêtera les gens pour des dettes quelquefois ſuppoſées ; tant que la preſſe des Matelots y

chaſſera, malgré eux, les hommes dans les navires, pourra-t-on dire qu'en Angleterre il y ait de la liberté? On y gêne, on y perſécute même, depuis quelque temps, la liberté de la Preſſe : le parti miniſtériel y fait des progrès effrayants; & ſi les Anglois n'y prennent garde, ils deviendront plus eſclaves que ne l'ont jamais été les François.

111

www.ingramcontent.com/pod-product-compliance
Lightning Source LLC
Chambersburg PA
CBHW061608180626
46818CB00005B/2003